École
Saint-Macabre

DÉVORÉE
par un casier!

Jack Chabert
Illustrations de Sam Ricks

Texte français de Marie-Josée Brière

SCHOLASTIC

Lis une autre
Aventure
de l'école Saint-Macabre!

D'autres livres
à découvrir bientôt!

Table des matières

1 : Au cimetière 1

2 : Disparue! 10

3 : Dans le casier 14

4 : À l'étroit 19

5 : L'heure du lunch 25

6 : La cave obscure 32

7 : Le visage d'Oscar Macabre 38

8 : Lucie! 45

9 : L'horrible vérité 51

10 : Pris au piège! 56

11 : Une pente glissante 60

12 : Cul-de-sac 64

13 : Suspendu par un fil 72

14 : La main d'eau 77

15 : Bonne chance! 86

À ma maman. Je t'aime! – J. C.

Catalogage avant publication de Bibliothèque et Archives Canada

Titre: Dévorée par un casier! / Jack Chabert ; illustrations de Sam Ricks ;
texte français de Marie-Josée Brière.
Autres titres: Locker ate Lucy! Français.
Noms: Chabert, Jack, auteur. | Ricks, Sam, illustrateur.
Description: Mention de collection: École Saint-Macabre ; 2 |
Traduction de : The locker ate Lucy!
Identifiants: Canadiana 20210191627 | ISBN 9781443190763 (couverture souple)
Classification: LCC PZ23.C43 Dev 2021 | CDD j813/.6—dc23

Édition publiée par les Éditions Scholastic, 604, rue King Ouest, Toronto (Ontario) M5V 1E1

5 4 3 2 1   Imprimé en Chine 62   21 22 23 24 25

Conception graphique de Will Denton

AU CIMETIÈRE

Sam s'adresse à ses amis Antonio et Lucie :

— Allons! Ça va prendre juste une minute!

— Sam, est-ce que c'est vraiment nécessaire? demande Lucie. Ça me donne des frissons.

— À moi aussi, dit Antonio. Je suis allergique aux cimetières.

Sam Gravel se tourne vers ses amis.

— On doit trouver le moyen de vaincre notre école maléfique, non? dit-il. Alors, *il faut* qu'on y aille. On doit en apprendre plus sur l'école Saint-Macabre. C'est comme ça qu'on pourra la combattre!

Les trois amis franchissent la grille de fer. Le cimetière donne généralement la chair de poule à Sam, mais il ne lui semble plus aussi terrifiant après tout ce qui s'est passé...

Il y a une semaine que M. Nekobi, le vieil homme qui fait l'entretien de l'école, a choisi Sam comme nouveau surveillant de corridor. Il y a des années, c'est M. Nekobi qui était surveillant. Il a appris à Sam la vérité sur l'école : elle est en vie! L'école est une créature vivante, qui respire, une créature *maléfique.*

Et puis, vendredi, l'école a essayé *d'avaler* Lucie et Antonio pendant le spectacle de la classe! Sam les a sauvés de justesse. M. Nekobi et les trois amis sont les seuls à connaître la vérité sur l'école. C'est à eux de protéger tout le monde.

— Là! dit Lucie en montrant du doigt une colline parsemée de pierres tombales fissurées. Le livre dit que c'est là que la famille Macabre est enterrée.

Lucie tient dans ses mains un livre épais et poussiéreux : *Saint-Macabre : Histoire d'une ville.*

Les trois amis ont passé la fin de semaine à la bibliothèque municipale pour trouver de l'information. Dans ce livre, ils ont appris que la ville a été fondée il y a des centaines d'années par la famille *Macabre*. Le livre dit aussi que toute la famille Macabre est enterrée dans ce cimetière. Et que chacun de ses membres a fondé un élément de la ville : la bibliothèque, l'hôpital et même l'école! Sam espère qu'en voyant leurs tombes, ils en sauront plus sur l'histoire de l'école.

Sam jette un coup d'œil aux pierres tombales. Le nom de *Macabre* est écrit sur chacune d'elles. Sam a l'impression qu'elles le surveillent. Il les compte : douze.

— Lucie, je peux voir le livre? demande Sam.

Lucie tend le livre à Sam.

— Eh bien, ça, c'est bizarre, dit-il en tournant

les pages. D'après le livre, la famille Macabre comptait treize personnes. Il devrait donc y avoir treize tombes, mais il y en a seulement douze. Il y a un des membres de la famille qui n'est pas enterré ici.

—Bizarre... dit Antonio. Mais, vous savez, ce n'est pas très étonnant que toutes ces choses étranges se passent dans une ville appelée Saint-Macabre. « Macabre » est un mot qui se rapporte à la mort et aux squelettes.

—Quelle est la tombe qui manque, Sam? demande Lucie.

Sam parcourt les noms gravés sur les pierres tombales. Puis il regarde dans le livre.

La famille Macabre

JACQUES MACABRE
1811 — 1879

RUTH MACABRE
1813 — 1881

OLIVIER MACABRE
1836 — 1901

EDMOND MACABRE
1838 — 1905

ROSE MACABRE
1840 — 1919

HUBERT MACABRE
1863 — 1939

ABRAHAM MACAB
1868 — 1944

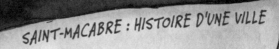

MARGUERITE
MACABRE
1867-1949

OSCAR MACABRE
1871 - ?

SIMON MACABRE
1870 - 1958

PATRICIA MACABRE
1888 - 1958

REBECCA MACABRE
1890 - 1962

SAMUEL MACABRE
1897 - 1963

— Eh bien, dit Sam. Il y a un membre de la famille qui s'appelle Oscar Macabre. Vous voyez son portrait, ici?

Antonio jette un coup d'œil par-dessus l'épaule de Sam.

— Wow! Regardez sa moustache! C'est quoi, ça? Sam lève les yeux au ciel.

— Je ne vois pas de pierre tombale qui porte ce nom-là, ajoute-t-il. Et ceci, c'est encore plus bizarre! Oscar Macabre est né en 1871, mais ça ne dit pas quand il est mort. Il y a juste un point d'interrogation.

— Je me demande ce qui lui est arrivé, dit

Antonio. Qu'est-ce qu'on dit d'autre sur lui dans le livre?

Sam tourne la page pour poursuivre sa lecture.

— OH NON! s'écrie Lucie. Il est 8 h 15! On va être en retard à l'école!

Lucie arrache le livre des mains de Sam. Elle le glisse dans son sac à dos.

—Viens! dit Antonio à Sam.

Sam court derrière ses amis. Mais il se sent un peu bizarre. En tant que surveillant de corridor, Sam perçoit des choses que les autres ne remarquent pas. Il sent quand quelque chose ne va pas à l'école Saint-Macabre. Et en ce moment, Sam a l'impression que quelque chose de terrible va bientôt se produire.

DISPARUE!

2

Sam sort en courant du cimetière et se précipite vers l'école. En traversant le terrain de jeux, les trois amis aperçoivent un gros thermomètre de plastique accroché à une branche.

—J'avais oublié! lance Lucie à ses amis en courant. C'est le cours de météo aujourd'hui!

Antonio se met à sautiller.

—Un cours dehors! Ça va être une belle journée.

Sam espère qu'Antonio a raison.

Les trois amis grimpent les marches en vitesse et entrent dans l'école. Sam enfile son ceinturon de surveillant.

—Je ne m'habituerai jamais à cette laideur, dit Sam.

—L'orange vif, c'est tout à fait ta couleur! dit Lucie en riant.

Leurs camarades sont tous en rang dans le corridor. Mme Granger, leur enseignante, est debout devant eux.

—Vous êtes en retard! aboie Mme Granger. Allez ranger vos sacs à dos et mettez-vous en rang derrière les autres.

Pendant que Sam et ses amis se dirigent vers leurs casiers, Mme Granger fait une annonce.

— Nous allons faire notre cours de météo dehors. On nous annonce la température la plus chaude de tous les temps pour une fin de septembre : 40 degrés!

Sam et Antonio se dépêchent de ranger leurs sacs. Mais Lucie est encore devant son casier.

— Une seconde! dit Lucie en fouillant dans son sac. J'ai besoin de mes lunettes de soleil.

— Vite, Lucie! dit Sam en se mettant en rang avec Antonio.

— Toi, le surveillant! lance Mme Granger. Assure-toi que tout le monde est là.

— D'accord, dit Sam.

Il se retourne pour appeler Lucie, mais quand il voit le corridor, son cœur arrête de battre. Les lunettes de Lucie sont par terre. Son casier est ouvert. Le couloir est vide.

Il sent la terreur l'envahir...

Lucie a disparu.

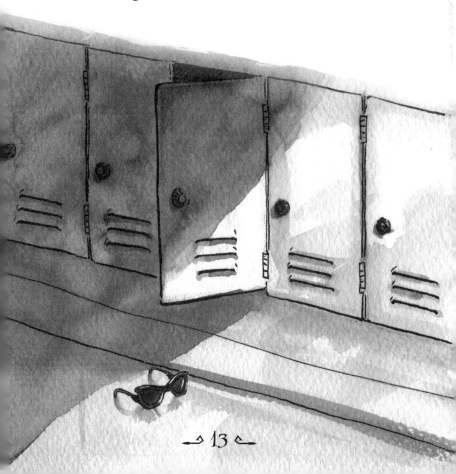

DANS LE CASIER

3

Sam a une boule dans l'estomac, grosse comme un ballon de basketball. La semaine dernière, M. Nekobi lui a dit que l'école Saint-Macabre se nourrissait d'élèves. Sam l'a vu de ses propres yeux, quand le plancher de la scène a essayé de *dévorer* ses amis. Et maintenant, Lucie a disparu! Est-ce que l'école aurait pu la manger?

— Suivez-moi! lance Mme Granger.

Elle fait sortir les élèves par la grande porte double. Sam saisit le bras d'Antonio, qui est le dernier du rang.

Les deux amis restent à l'intérieur pendant que leurs camarades sortent de l'école.

— Lucie a disparu! dit Sam. Elle est allée à son casier et maintenant, elle n'est plus là!

Antonio se tourne vers le casier de Lucie. Il sait lui aussi ce que l'école Saint-Macabre peut faire d'horrible.

— Peut-être qu'elle nous joue un tour, dit-il en avalant sa salive. En se cachant dans son casier…

Sam et Antonio s'avancent doucement vers le casier de Lucie. Sam a le cœur qui bat très fort. Il serre les doigts sur le bord de la porte entrouverte. Il sent la chaleur du métal. Il retient son souffle. Puis il ouvre la porte toute grande.

Lucie n'est pas là.

Mais il y a autre chose dans le casier : une gelée visqueuse et gluante a coulé à l'intérieur. Elle brille. On dirait de la morve de néon mêlée à de la bave de bouledogue.

Antonio pose le doigt sur la surface humide et collante.

— *Aark!* s'écrie-t-il.

Il secoue la main et fait tomber de la gelée sur le plancher.

—Antonio, dit lentement Sam, le casier a dévoré Lucie!

— Il faut le dire à M. Nekobi! dit Antonio.

Sam secoue la tête.

— On n'a pas le temps. Je dois aller la chercher. Je suis le surveillant de corridor. C'est à moi de protéger les élèves, *surtout Lucie!*

— Alors j'y vais avec toi, dit Antonio, la gorge

serrée.

Sam hoche la tête. Il entre dans le casier de Lucie et repousse ses vêtements d'éducation physique. Dans le fond du casier, il voit un drôle de trou d'où coule la gelée visqueuse. Et derrière le trou, Sam aperçoit un tunnel étroit.

—Tu es prêt? demande Sam.

— Pas vraiment, répond Antonio en secouant la tête.

— Ce n'est pas le moment d'avoir peur, dit Sam. On doit sauver Lucie.

Sam s'enfonce dans le trou. Antonio le suit. Ils rampent ensemble dans l'obscurité, vers les profondeurs de l'école.

À L'ÉTROIT

4

Sam comprend vite que le tunnel sombre dans lequel ils rampent est en fait un conduit d'aération. C'est par là que passe l'air frais qui va vers les classes. Sam frissonne en partie à cause de l'air frais, mais aussi parce qu'il a peur.

À mesure qu'ils avancent, l'intérieur du conduit devient plus humide. De la gelée gluante coule sur les côtés.

—J'ai l'impression de ramper dans le nez de quelqu'un! dit Antonio.

Chaque fois que Sam pose une main par terre, il entend un petit bruit de succion.

— Si seulement il ne faisait pas aussi noir... dit Sam.

CLIC!

Une lumière s'allume dans le tunnel. Sam lève la tête et voit qu'Antonio tient un cellulaire.

— Ma mère m'oblige à le traîner avec moi, dit Antonio en souriant.

— Brillant! dit Sam.

Il continuent de ramper sur la surface collante.

— Alors, pourquoi penses-tu que l'école s'est emparée de Lucie? demande Antonio.

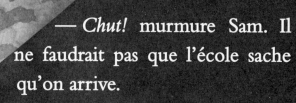

— *Chut!* murmure Sam. Il ne faudrait pas que l'école sache qu'on arrive.

— Je vais être super hyper silenc... commence Antonio.

Mais aussitôt...

– AAH-TCHOUM!

— Antonio! gémit Sam.

— Désolé! C'est difficile de respirer avec tes espadrilles puantes en plein visage!

SWOUCH! Une bouffée d'air souffle dans le tuyau et soulève les cheveux de Sam vers l'arrière. Mais cet air-là n'est pas froid. On dirait une haleine chaude!

— L'école essaie probablement de savoir où on est, chuchote Sam. Alors, ne fais pas...

a...

a... a... a...

AAH-TCHOUM!

Cette fois, c'est Sam qui a éternué.

— Sam! dit Antonio.

— Désolé!

CLANG!

Sam regarde derrière eux. La porte du casier de Lucie vient de se fermer! L'école sait certainement qu'ils sont là. Et maintenant, ils sont coincés. Ils ne peuvent plus retourner en arrière.

Tout à coup, le tuyau se met à trembler. Le métal se tord. Le tuyau se resserre!

— On doit sortir d'ici! dit Sam.

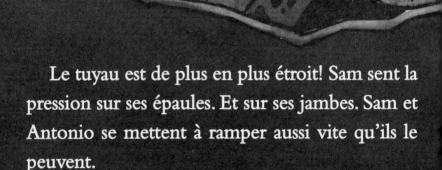

Le tuyau est de plus en plus étroit! Sam sent la pression sur ses épaules. Et sur ses jambes. Sam et Antonio se mettent à ramper aussi vite qu'ils le peuvent.

Ils ont de moins en moins d'espace.

— On va se faire écraser! hurle Antonio.

L'HEURE DU LUNCH

5

Le tuyau se resserre rapidement. Les deux garçons ont du mal à bouger. Sam baisse sa main et il a l'impression qu'il va tomber. Il n'y a plus rien devant lui! Seulement de l'air! Ils sont arrivés au bout du tuyau.

Eh bien, n'importe quoi plutôt que de se faire écraser! se dit Sam.

— Suis-moi! dit Sam.
Et prépare-toi à descendre!
Sam se tortille pour
avancer, et il tombe.
— AAAH! hurle Sam en
dégringolant dans les airs.

SPLAF!

Sam s'écrase sur une surface
gluante.
— Attention! crie Antonio en
plongeant vers Sam.

BAM!

Antonio s'écrase sur Sam.

Il fait noir comme dans un four. Antonio rallume son cellulaire pour éclairer les alentours. Les deux garçons sont étendus sur une montagne de gelée collante.

— On dirait bien que cette horrible glu nous a sauvés! dit Antonio en s'essuyant le visage. Mais où est-ce qu'on est?

Même avec la lumière du cellulaire, ils ne peuvent pas voir très loin.

Sam plisse les yeux. Ils se trouvent dans une grande salle entourée de hautes colonnes. Le plancher est jonché de déchets. L'air est humide et sent le moisi.

— On doit être dans la cave, dit Sam en se relevant.

Il est couvert de glu. Ses espadrilles couinent à chacun de ses pas.

Puis Sam entend un son différent. Les deux garçons se retournent.

Un vieux chariot de cantine sort de l'obscurité. Ses roues grincent, et les murs de la cave en renvoient l'écho. Le chariot se balance d'un côté et de l'autre.

Sam a la chair de poule. Antonio s'approche doucement de lui.

Il n'y a personne qui pousse le chariot.

Il avance tout seul.

Le plateau du chariot s'ouvre et se referme.

CLIC CLAC! CLIC CLAC! CLIC CLAC!

On dirait une bouche qui roule vers eux! Et elle ne s'arrête pas!

— On va servir de lunch à l'école! s'écrie Sam.

LA CAVE OBSCURE

6

Sam a le front trempé de sueur. Il n'a jamais eu aussi peur de sa vie. Le chariot roule vers Antonio et lui. Mais juste au moment où il va les frapper, les garçons sautent de côté pour lui échapper.

BANG!

Le chariot fonce dans le mur avec une telle force qu'il éclate en mille morceaux! Sam et Antonio sont bombardés de débris de plastique.

Antonio ouvre la bouche toute grande.

— Euh... Sam... On devrait peut-être retourner... chercher de l'aide, dit-il.

Sam secoue la tête. Il sait que l'école essaie de leur faire peur pour qu'ils abandonnent. Mais il ne se laissera pas faire. Lucie compte sur eux.

En plus, il sait qu'ils ont dû tomber de plusieurs mètres en sortant du conduit avant d'atterrir sur cette montagne gluante. Il ignore comment ils pourront *sortir* de cette cave un jour.

— Antonio, dit Sam en se tournant vers son ami, on est dans les profondeurs de l'école! Je parie que même M. Nekobi n'est jamais allé aussi loin. C'est notre chance de percer le secret de l'école. Si on peut découvrir ce qui la garde en vie, on saura comment la vaincre!

— Mais, Sam...

— Et *on doit* sauver Lucie! ajoute Sam.

Antonio avale sa salive.

—Tu as raison.

Les deux amis se mettent en marche sur la pointe des pieds, le cœur battant. Antonio éclaire la cave avec son cellulaire. Les murs sont pleins de glu qui dégoutte du plafond. Le plancher est couvert de blousons déchirés, de sacs à dos en miettes et de bicyclettes tordues. On dirait que tous ces objets ont été mastiqués.

L'endroit ressemble à l'intérieur d'un corps. Sam se dit que si l'école Saint-Macabre est un corps, cette cave doit être son estomac.

— On dirait que l'école a mangé des sacs à dos, des bicyclettes et d'autres objets, dit Sam en regardant autour de lui. M. Nekobi a *vraiment* bien protégé les élèves.

—Tu fais bien ça, toi aussi! dit Antonio. Si tu ne nous avais pas sauvés vendredi, pendant le spectacle, je serais ici!

— Allons, finissons-en, dit Sam.

Les deux amis continuent d'avancer. Soudain, Antonio attrape le bras de Sam.

— Regarde! dit Antonio en montrant quelque chose du doigt.

— Quoi? demande Sam.

Il suit le rayon de lumière du cellulaire vers un pupitre de métal rouillé.

— C'est lui! C'est Oscar Macabre! crie Antonio.

LE VISAGE
D'OSCAR MACABRE

7

Antonio pointe son téléphone vers un cadre posé sur le pupitre. Le cadre contient une vieille photo en noir et blanc. La photo d'un homme.

—Antonio! Tu m'as fait peur! dit Sam. J'ai cru qu'Oscar Macabre était *ici* pour de vrai! Vivant, ressuscité, en personne!

Sam tâte le mur jusqu'à ce qu'il trouve un interrupteur. Il allume.

Deux ampoules projettent une lumière vacillante.

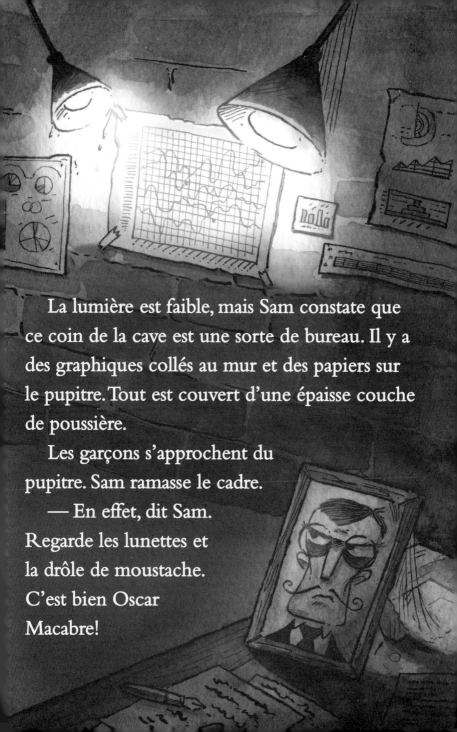

La lumière est faible, mais Sam constate que ce coin de la cave est une sorte de bureau. Il y a des graphiques collés au mur et des papiers sur le pupitre. Tout est couvert d'une épaisse couche de poussière.

Les garçons s'approchent du pupitre. Sam ramasse le cadre.

— En effet, dit Sam. Regarde les lunettes et la drôle de moustache. C'est bien Oscar Macabre!

— J'ai l'impression que personne n'est venu ici depuis très longtemps, dit Antonio en ramassant un journal. Ça date de 1938! C'est plus vieux que ma grand-mère! Plus vieux que... que la grand-mère de ma grand-mère!

— Wahou, dit Sam. Et ça, qu'est-ce que c'est?

Une grande feuille de papier bleu est posée sur le pupitre.

— On dirait un plan, dit Antonio. Comme le dessin d'un bâtiment.

— C'est vrai. Et cette grande salle ressemble à notre gymnase. Tu vois? dit Sam en pointant le doigt vers le dessin. On dirait un plan de l'école Saint-Macabre.

Tout à coup, on entend une voix de fille.

— AU SECOURS!

— Lucie! s'écrient Sam et Antonio en même temps.

La voix de Lucie vient de l'autre bout de la cave sombre, derrière une grande porte de métal. Sur la porte, on peut lire SALLE DE CHAUFFAGE ET DE CLIMATISATION.

— Allons-y! dit Sam.

Les garçons ramassent rapidement tout ce qu'ils peuvent mettre dans leurs poches : des papiers, un petit livre et le plan. Mais aussitôt, *toute* la cave prend vie!

ZZOUMM! Un ballon vole vers Sam, qui saisit le poignet d'Antonio.

—Viens! crie Sam en se penchant pour éviter le ballon. Allons chercher Lucie!

Sam évite aussi des disques volants mâchonnés qui filent vers lui! Antonio saute par-dessus des patins à roulettes qui se précipitent sur ses jambes comme des boulets de canon!

BRRRGGLLL!!!

L'école est très *bruyante!* Sam a l'impression d'entendre un estomac gronder! Les murs tremblent et le plancher bouge! Sam et Antonio glissent d'un côté et de l'autre. Des sacs à dos s'ouvrent et leur lancent des règles, des crayons et des livres.

La porte de la salle est juste devant eux.

— Continue de courir! crie Sam.

Mais Antonio s'est arrêté net. Sam tourne la tête vers son ami. Un objet long semblable à une lance se dirige vers Antonio. Une batte de baseball en plastique!

Sam tire Antonio derrière une grosse colonne.

ZZOUM!

La batte passe juste
à côté d'eux.

— Bon, alors là, je suis
furieux, dit Antonio.
Allons chercher
Lucie et sortons de
cette cave en folie!

Sam jette un
coup d'œil devant la
colonne.

— On doit juste
atteindre cette porte-là.

— Mais qui sait ce qui
nous attend derrière? demande Antonio.

— Il n'y a qu'un seul moyen de le savoir,
dit Sam.

LUCIE!

8

Sam et Antonio courent vers la salle de chauffage et de climatisation. Sam ouvre la porte brusquement et la referme aussitôt derrière eux.

CRAC! Une centaine d'objets mâchonnés complètement fous vont se cogner sur la porte fermée.

Sam reprend son souffle et regarde autour de lui.

Un des murs est couvert d'un labyrinthe de vieux tuyaux rouillés. Les tuyaux sont en vie! Ils bougent comme une armée de serpents. En se tordant, ils se frottent ensemble et grincent.

— Lucie! s'écrie Sam en levant le doigt.

Leur amie est suspendue dans les airs, la tête en bas. Un des tuyaux est enroulé autour de sa cheville.

— Les gars! Vous m'avez trouvée! Aidez-moi à descendre, s'il vous plaît! crie Lucie.

En entendant cet appel à l'aide, l'école se fâche encore plus. Le tuyau enroulé autour de la cheville de Lucie se met à la balancer dans les airs.

— Ce tuyau fait tournoyer Lucie comme une poupée! dit Antonio.

—Accroche-toi, Lucie! crie Sam.

Sam et Antonio se mettent à escalader le gigantesque mur de tuyaux. Contrairement à la cave, cette pièce n'est pas couverte de glu. Les tuyaux de métal sont secs, et les garçons peuvent s'y accrocher. Sam sent de l'eau couler à l'intérieur. *Ces tuyaux doivent apporter l'eau dans toute l'école,* se dit Sam.

Antonio saute de son tuyau et attrape celui qui entoure la cheville droite de Lucie. Il tire très fort pour essayer de la dégager.

— J'arrive! dit Sam.

— Le tuyau est vraiment très serré! lance Antonio en tirant.

—À L'AIDE! crie Lucie.

Antonio tire plus fort, mais...

CLAC!

Le tuyau bondit sur sa main et le jette par terre.

— *Aaah!* fait Antonio en se relevant. On n'y arrivera pas!

Sam saute par terre. *Il doit bien y avoir un moyen de forcer ce tuyau à la lâcher,* pense-t-il. Il regarde autour de la pièce. Il voit le chauffe-eau de l'école dans un coin. Comme son père est plombier, Sam connaît bien ce genre d'appareil. L'eau réchauffée dans cette machine est pompée dans toute l'école. Une roue, à l'avant du chauffe-eau, permet de contrôler la vitesse à laquelle l'eau circule dans les tuyaux. *Si je fais tourner cette roue, je pourrai ralentir l'eau!*

Peut-être que ça affaiblira les tuyaux et les forcera à lâcher Lucie, se dit Sam.

Sam s'accroche à la roue. Elle est figée par la rouille. Enfin, elle se met à tourner, mais ça n'aide pas. Lucie est secouée encore plus fort!

— Qu'est-ce que tu fais, Sam?! hurle Antonio.

— ARRÊTE! C'est pire! crie Lucie.

Elle tournoie dans les airs à la vitesse de l'éclair. De plus en plus vite! Sam doit libérer son amie avant qu'il ne soit trop tard!

L'HORRIBLE VÉRITÉ

*L'*école continue de balancer Lucie dans les airs. D'avant en arrière. D'arrière en avant. *Je dois tourner dans le mauvais sens!* se dit Sam.

— Accroche-toi! lance-t-il.

Sam fait tourner la grosse roue dans l'autre direction. L'eau se met à couler des tuyaux. Il a réussi! Les tuyaux perdent de leur énergie. Ils s'affaiblissent. Celui qui est enroulé autour de la cheville de Lucie dégonfle et il la laisse tomber!

— *Aaaaaaaah!* hurle Lucie en dégringolant.

Au dernier moment, elle s'accroche à un tuyau placé plus bas. Antonio l'aide à descendre.

—Tout va bien, dit Antonio.

Lucie essuie son front mouillé de sueur.

—Alors, dit-elle, qu'est-ce qui vous a pris autant de temps?

Sam et Antonio sourient. Leur amie est saine et sauve.

— Qu'est-ce que c'est que ça? demande Lucie en montrant les papiers qui sortent des poches des garçons.

—Ah oui! dit Sam. On a trouvé un bureau là-bas, vraiment sinistre. Et rempli de vieilleries!

— Ce plan va peut-être nous indiquer comment retourner en

haut, dit Antonio.

— Bien pensé! dit Lucie. Occupez-vous de trouver comment sortir d'ici pendant que je fouille les autres papiers.

Sam, Antonio et Lucie s'assoient par terre et se mettent au travail.

— Regardez ça! dit Lucie en brandissant un livre en cuir rouge. C'est le journal d'Oscar Macabre. On dirait bien que c'était un genre de savant fou!

— Wow... murmure Antonio.

— Qu'est-ce qu'il dit d'autre, ce journal? demande Sam.

Lucie parcourt rapidement les pages. Après un instant, elle dépose le livre.

— À mesure qu'il vieillissait, tout ce qui préoccupait Oscar Macabre, c'était l'idée d'une vie éternelle. À la dernière page de son journal, il a écrit : *J'ai réussi! J'ai trouvé une façon de vivre pour toujours!*

Sam se rappelle quelque chose.

— Lucie, as-tu encore le livre de la bibliothèque?

— Oui! dit Lucie, les yeux brillants.

Elle dépose son sac à dos et tend le livre à Sam.

— Regardez! dit Sam en retournant à la dernière page qu'il a lue le matin même. On dit ici qu'Oscar Macabre était un architecte, quelqu'un qui conçoit des bâtiments. Et – *oh, wahou!* – c'est lui qui a conçu l'école Saint-Macabre!

— Un instant, dit Antonio. C'est un savant fou qui a conçu notre école? Pas étonnant qu'elle soit sinistre et détraquée!

Sam, Antonio et Lucie gardent le silence. Seul un bruit vient du chauffe-eau. On dirait un cœur qui bat.

Ba BOUM, Ba BOUM.
Ba BOUM, Ba BOUM.
Ba BOUM, Ba BOUM.

C'est alors que Sam Gravel comprend la terrible vérité sur Oscar Macabre et sur l'école Saint-Macabre.

PRIS AU PIÈGE!

10

En soulevant le plan et le livre, Sam s'écrie :

— Je comprends, maintenant! Tout ça se tient. Oscar Macabre a conçu l'école pour pouvoir vivre éternellement. C'est pour ça qu'on n'a pas trouvé de pierre tombale à son nom au cimetière! Il n'est *pas* mort! Il est devenu l'école!

— Attends, dit Antonio. Alors, tu dis...

— Oscar Macabre *est* l'école Saint-Macabre!

dit Sam. Les murs et les planchers, c'est lui. Les casiers et les tuyaux aussi. Il est *tout* ça! C'est pour ça que l'école s'est emparée de toi ce matin, Lucie! Elle a senti qu'on avait trouvé ce livre à la bibliothèque. Elle savait qu'on allait bientôt découvrir la vérité!

—Toute cette histoire... dit Lucie, le visage blême. C'est terrifiant...

Sam est d'accord. C'est presque trop fou pour qu'on puisse y croire! Mais c'est *logique*. Et ça explique tout.

CLAC!

La porte de la salle de chauffage et de climatisation se verrouille toute seule. Ils sont prisonniers!

L'école Saint-Macabre devient ensuite complètement *folle.* Les murs se mettent à vibrer! Les tuyaux recommencent à se cogner en tremblant! Et une longue fissure s'ouvre dans le plancher!

Les trois amis reculent vivement.

— Qu'est-ce qui se passe? hurle Lucie.

— Maintenant qu'on a découvert son secret, crie Sam, l'école ne nous laissera *jamais* ressortir!

—J'ai les pieds *mouillés!* ajoute Antonio en sautant vers l'arrière.

De l'eau sort par la fissure dans le plancher. Le niveau monte vite.

— On n'a pas beaucoup de temps! crie Sam.

Ses espadrilles sont toutes couvertes d'eau.

Lucie tire sur la poignée de la porte, mais elle ne réussit pas à la déverrouiller.

— On est pris!

Sam avale sa salive.

L'eau monte *vite* à travers le plancher. Ils en ont déjà jusqu'au-dessus des genoux. Et ils ne peuvent pas sortir.

UNE PENTE GLISSANTE

11

Les trois amis battent des pieds pour rester hors de l'eau. Bientôt, ils vont toucher le plafond! Toute la pièce va être remplie d'eau.

CLAC!

BANG!

BONG!

Les tuyaux font un bruit d'enfer. Sam a du mal à se concentrer.

—Attendez! Ces tuyaux-là traversent toute l'école! dit Sam.

Il montre un des gros tuyaux, qui est brisé.

— Les amis, grimpons dans ce gros tuyau! J'ai une idée!

— Es-tu fou? crie Lucie.

— Pas question, répond Antonio en secouant la tête. Je ne grimpe pas dans ce vieux tuyau-là! On ne sait pas où il va nous amener. Et je ne veux pas me retrouver coincé encore une fois!

— C'est notre seule chance! dit Sam.

Antonio regarde Sam et pousse un grand soupir.

— D'accord!

Antonio nage vers le gros tuyau. On dirait une glissade d'eau géante. Antonio grimpe dedans. Sam aide Lucie à y entrer elle aussi.

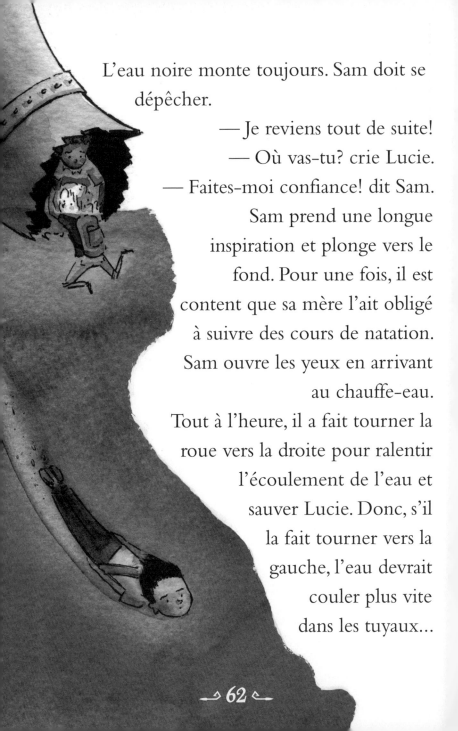

L'eau noire monte toujours. Sam doit se
dépêcher.

— Je reviens tout de suite!

— Où vas-tu? crie Lucie.

— Faites-moi confiance! dit Sam.

Sam prend une longue
inspiration et plonge vers le
fond. Pour une fois, il est
content que sa mère l'ait obligé
à suivre des cours de natation.
Sam ouvre les yeux en arrivant
au chauffe-eau.

Tout à l'heure, il a fait tourner la
roue vers la droite pour ralentir
l'écoulement de l'eau et
sauver Lucie. Donc, s'il
la fait tourner vers la
gauche, l'eau devrait
couler plus vite
dans les tuyaux...

Si l'eau coule plus vite, elle pourra nous pousser! Elle pourra nous transporter jusqu'au bout des tuyaux, au-dessus du sol, avec un peu de chance, pense Sam.

C'est une idée folle, mais c'est leur seule chance.

Sam saisit la roue et essaie de la faire tourner.

CUL-DE-SAC

Il a du mal à faire bouger la grosse roue sous l'eau. Et il va bientôt manquer d'air!

Si mon plan ne fonctionne pas, on est vraiment dans le pétrin, mes amis et moi! se dit-il. Sam pense à Lucie, à Antonio et à M. Nekobi. Il pense à Mme Granger et à tous ses camarades. L'école Saint-Macabre les a tous mis en danger, et il est le seul à pouvoir les sauver. C'est lui, le surveillant de corridor. Il peut sentir l'école. Et il sent maintenant qu'il pourrait la vaincre, cette école! Si seulement il réussissait à faire tourner cette roue!

Il ne peut pas rater son coup.

Il ne ratera pas son coup!

Sam pousse sur la roue de toutes ses forces.

CRIIICC!

Il a réussi! La roue tourne. Puis Sam aperçoit un cadran sur le dessus du chauffe-eau. Il voit les mots VITESSE DE L'EAU. *Comment ça se fait que je n'ai pas vu ça avant?* se demande Sam. Pendant qu'il fait tourner la roue, une petite aiguille sur le cadran passe du vert au rouge. Le mot DANGER est inscrit dans la section rouge.

Sam appuie ses pieds sur le chauffe-eau et fait tourner la roue jusqu'à ce que l'aiguille du cadran dépasse le mot DANGER. Le chauffe-eau se met à vibrer!

Il va éclater! se dit Sam. *Je dois sortir d'ici!*

Sam se retourne et agite les jambes de toutes ses forces. Il remonte à la surface en cherchant son souffle.

Antonio et Lucie l'attendent dans le tuyau. L'eau coule de plus en plus vite. Tout autour de Sam, l'eau fait des bulles et éclabousse tout. Le chauffe-eau vibre toujours.

— Sam, qu'est-ce que tu as fait? crie Antonio.

— Je nous fais sortir d'ici! On va passer par les tuyaux! dit Sam.

— J'espère que ça va marcher! dit Lucie en lui tendant la main.

Sam saisit sa main, et Lucie le tire vers le haut.

Il s'installe dans le gros tuyau derrière Antonio et Lucie. C'est comme s'ils étaient tous les trois étendus au sommet d'une glissade d'eau. Mais ils ne sont pas là pour *descendre* dans une piscine en s'amusant. Non, ils vont *monter à travers l'école Saint-Macabre!*

— Où est-ce que ce tuyau va nous recracher? demande Lucie.

Sam ne répond pas. Il n'a *aucune idée* de l'endroit où le tuyau va les amener. Il espère seulement que ce sera au-dessus du sol.

Le tuyau commence à vibrer vraiment fort. Le chauffe-eau va *éclater* d'une minute à l'autre et *projeter de l'eau dans le tuyau!*

— Retenez votre souffle! crie Sam. On y va...

BOUM!

Le chauffe-eau a éclaté! Une vague géante d'eau tiède s'engouffre dans le tuyau. Sam, Antonio et Lucie sont *propulsés* dans le tuyau!

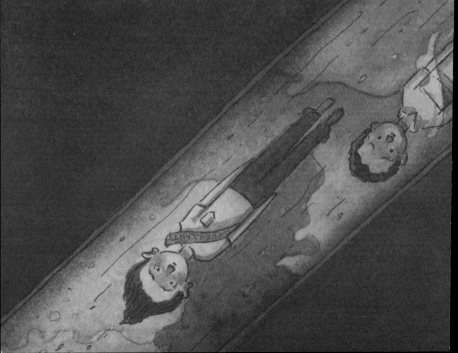

VA-VOUM!

Les trois amis filent sur la vague à 160 kilomètres à l'heure.

Plus haut, devant eux, le tuyau se divise en deux.

— *Saaaaaaaam!!!* hurle Lucie.

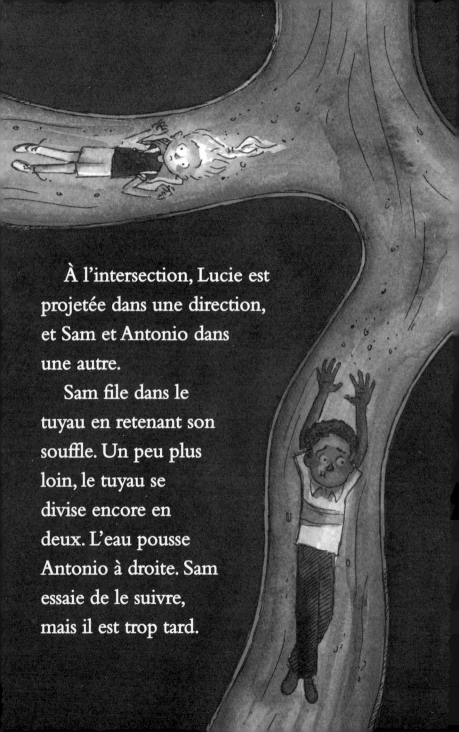

À l'intersection, Lucie est
projetée dans une direction,
et Sam et Antonio dans
une autre.

Sam file dans le
tuyau en retenant son
souffle. Un peu plus
loin, le tuyau se
divise encore en
deux. L'eau pousse
Antonio à droite. Sam
essaie de le suivre,
mais il est trop tard.

Sam s'engouffre dans un autre tuyau. Sam Gravel est maintenant seul, en train de voler à travers l'école Saint-Macabre!

Il ne voit pas de lumière au bout du tunnel.

Oh non.

C'est un cul-de-sac!

Il doit ralentir, sinon il ira s'écraser au fond du tuyau. Il tend les bras et appuie ses doigts sur les côtés du tuyau. Mais ça ne sert à rien.

Il ne réussit pas à s'arrêter! Même pas à ralentir!

SUSPENDU PAR UN FIL

13

J e dois faire quelque chose, sinon je vais m'écraser! se dit Sam. Il reste étendu, droit comme une planche. Il tend les pieds vers l'avant pendant que l'eau le propulse vers le fond du tuyau. *Il faut que mes espadrilles et ma vitesse me permettent de percer ce vieux tuyau rouillé!*

Les pieds de Sam frappent le fond du tuyau.

CRAC!

Le tuyau est percé! Sam est *expulsé* dans les airs.

— Ouille! s'écrie-t-il.

Il est près du plafond, au-dessus de la cafétéria.

À dix mètres de hauteur!

Et il est en train de tomber!

Sam tend la main pour attraper quelque chose – n'importe quoi pour ralentir sa chute. Il s'accroche à l'un des immenses rideaux qui couvrent les fenêtres panoramiques.

Sam lève les yeux vers le bout du tuyau. Il en sort des litres d'eau qui éclaboussent le plancher.

Et puis, le flot commence à ralentir.

Le chauffe-eau doit s'être vidé complètement. Le danger est passé!

J'ai réussi! pense Sam, toujours accroché au rideau. Il baisse les yeux. La cafétéria est vide. *Ouf! Je vais descendre du rideau, tout simplement. Et ensuite, je vais retrouver Antonio et Lucie.*

Mais non!

L'école Saint-Macabre n'en a pas fini avec Sam Gravel! Sur le plancher de la cafétéria, l'eau se soulève. Elle prend forme. Elle devient *quelque chose*.

Sam retient une exclamation.

L'eau est devenue *une main géante*.

—Au secours! crie Sam.

Il essaie de remonter sur le rideau, mais le rideau se met à bouger. Il cherche à faire tomber Sam! Le rideau a pris vie!

CRAC!

Le rideau commence à se déchirer. Sam baisse les yeux vers l'immense main d'eau de l'école Saint-Macabre. La main s'ouvre toute grande. Elle vient le chercher!

LA MAIN D'EAU

Sam s'accroche au monstrueux rideau. L'énorme main va l'attraper d'une seconde à l'autre. Mais non! Sam se souvient d'une chose. Ce matin, Mme Granger leur a dit que cette journée serait la plus chaude de tous les temps.

Sam s'accroche plus fort au rideau et il se met à tirer! Le rideau se déchire et tombe par terre... avec Sam.

Une lumière éclatante entre par la fenêtre. Les rayons chauds du soleil frappent directement la main d'eau.

La main se retire comme si elle avait mal. Elle dégage de la vapeur. C'est la chaleur du soleil qui transforme l'eau en vapeur! L'école hurle!

Mais la main reste tendue vers Sam. Elle est blessée, affaiblie, mais pas vaincue.

Si seulement je pouvais faire tomber les autres rideaux, le soleil détruirait cette main, se dit Sam. *Mais je suis coincé ici.*

Les doigts d'eau vont bientôt s'emparer de lui.

Lucie et Antonio entrent en courant dans la cafétéria.

— On arrive, Sam! crient-ils.

— Tirez sur les rideaux! ordonne Sam. Vite!

Antonio et Lucie ne savent pas ce que Sam a en tête, mais ils lui font confiance. Antonio tire sur un des rideaux. Lucie attrape l'autre. Et bientôt, la pièce est inondée de soleil!

La main d'eau est presque vaincue! Sam doit seulement lui donner le coup de grâce. Il aperçoit, par terre, une plaque de cuisson en métal.

Le métal, ça reflète la lumière! se dit Sam.

Sam pose son pied sur le rebord de la plaque et la fait voler dans les airs comme une planche à roulettes. Il l'attrape et la tourne vers le soleil. Un flot de lumière chaude et blanche rebondit sur le métal, en direction de la main.

HISSSS!!!

La main de l'école Saint-Macabre se met à hurler!

Elle tremble! L'air est rempli de vapeur. Et puis...

BOUM-PLOUF!

La main d'eau se désintègre! Des gouttes géantes se répandent dans la pièce.

La main est partie. Elle a été détruite.

Sam bondit sur ses pieds.

—Vous êtes arrivés juste à temps! dit-il à ses amis. Où étiez-vous?

— Le tuyau m'a recrachée au-dessus du gymnase, dit Lucie.

— Et moi, dans le corridor, près de la classe de cinquième année, dit Antonio. Heureusement, personne ne nous a vus!

Sam est si fatigué qu'il a du mal à se tenir debout.

—Wahou! Je vous en dois une! dit Sam.

—Tu veux rire?! Vous m'avez *sauvée* tous les deux! dit Lucie.

— C'est Sam qui a *tout* fait, dit Antonio en se mettant à applaudir. Sam Gravel, notre héros surveillant de corridor! Je lui ai juste donné un coup de main!

—Je ne veux plus jamais entendre le mot *main*, dit Sam en soupirant.

Ses amis sourient.

Ils sont en sécurité.

Mais pas pour longtemps.

BONNE CHANCE!

15

BANG!

La porte s'ouvre brusquement. Mme Granger entre dans la cafétéria. Elle regarde autour d'elle, l'air furieuse. Ses cheveux frisottés sont tout décoiffés.

— Sam! Antonio! Lucie! Où étiez-vous? s'écrie-t-elle. Qu'est-ce qui est arrivé aux rideaux? Pourquoi est-ce que tout est mouillé?

M. Nekobi arrive juste à ce moment-là. Il commence à essuyer tranquillement le plancher.

— Madame Granger, dit-il, Sam m'a aidé à laver les fenêtres. Je ne vous l'avais pas dit?

Mme Granger est encore fâchée.

— Non! Vous ne me l'aviez pas dit! Et Sam aurait dû me demander la permission de quitter la classe. Il a raté tout notre cours de météo.

— J'ai la mémoire qui flanche, à mon âge, dit M. Nekobi.

Sam fixe le plancher en souriant. M. Nekobi est venu à son secours!

—Et Antonio et Lucie? demande alors Mme Granger. Ils ne sont pas surveillants de corridor. Ils n'ont donc pas à vous aider, eux.

—Je les ai nommés surveillants adjoints. Ils ont beaucoup aidé Sam.

Antonio et Lucie se regardent avec un grand sourire, tout excités.

Mme Granger est en colère. Elle tourne les talons et quitte la cafétéria d'un pas décidé.

Une fois Mme Granger partie, Sam raconte *tout* à M. Nekobi.

—Vous avez appris beaucoup de choses sur notre école maléfique, dit M. Nekobi. Et cette fois, vous lui avez porté un gros coup. Avec un peu de chance, elle va rester endormie quelque temps.

— Et avec un peu de chance, les surveillants adjoints n'auront pas à porter ces machins hideux, dit Lucie en tirant sur le ceinturon orangé de Sam.

— Hé! dit Sam.

Ils se mettent à rire tous les quatre.

Après l'école, ce jour-là, Sam, Lucie et Antonio s'assoient sur les balançoires.

— On a bien fait ça aujourd'hui, dit Sam. Mais je pense qu'on ne pourra *jamais* vaincre l'école Saint-Macabre *pour de bon.*

—Je ne suis pas de cet avis, dit Lucie en descendant de sa balançoire.

— On forme une équipe, dit Antonio en hochant la tête. Et maintenant, on sait que l'école, *c'est* Oscar Macabre. Il y a sûrement un moyen de détruire ce qu'il a fait.

Sam regarde le bâtiment, l'école Saint-Macabre, l'étrange créature qui *est* le savant fou Oscar Macabre.

—Vous avez raison, les amis, dit-il. Il y a sûrement un moyen de vaincre l'école Saint-Macabre une fois pour toutes. Et *ensemble*, on va le trouver!

Chut!

Cette nouvelle est ultra-secrète :

Jack Chabert c'est le nom de plume de Max Brallier. (Max utilise un nom inventé plutôt que son vrai nom pour éviter qu'Oscar Macabre ne s'en prenne aussi à lui!)

Max a déjà été surveillant de corridor à l'école élémentaire Joshua Eaton de Reading, au Massachusetts. Il vit aujourd'hui à New York, dans un vieil appartement étrange. Il passe ses journées à écrire, à jouer à des jeux vidéo et à lire des bandes dessinées. Et le soir, il se promène dans les corridors, toujours prêt pour le moment où son immeuble va prendre vie.

Max est l'auteur de plus de vingt livres pour enfants, dont les séries *The Last Kids on Earth* et *Galactic Hot Dogs*.

Sam Ricks a étudié dans une école élémentaire hantée, mais il n'a jamais été surveillant de corridor. À ce qu'il sache, l'école n'a jamais cherché à le manger. Sam possède une maîtrise en design de l'Université de Baltimore. Le jour, il dessine des illustrations dans le confort de sa maison non carnivore. Et le soir, il lit des histoires étranges à ses quatre enfants.

QUE SAIS-TU SUR

École Saint-Macabre

DÉVORÉE par un casier?

Qu'est-ce que Sam et ses amis apprennent dans le livre *Saint-Macabre : Histoire d'une ville?*

Quelle est la terrible vérité sur Oscar Macabre et l'école Saint-Macabre?

Comment le soleil aide-t-il Sam, Antonio et Lucie à remporter la bataille?

Fais comme si ton école prenait vie. Utilise des mots qui évoquent des sons pour écrire une histoire pleine d'action.

BANG!
BOUM!
VROUM!

Sam, Lucie et Antonio vont à la bibliothèque pour faire des recherches sur leur ville. Toi aussi, tu peux te rendre à ta bibliothèque municipale pour voir quels **faits** intéressants tu peux découvrir sur ta ville!